TTS新書

いにしえからの素描

第7集

金 田 一 美

東京図書出版

まえがき

美しい島の春夏秋冬が変貌する
母なる大地……悲しい
大地を耕し、大地に潤い、楽しんでいたのに
あ、あ、母なる大地……何を、宿すのだろう
多くの生き物が大きく深呼吸し目を覚ます
それぞれに個性があり、それぞれの生き方でいる
よく見れば……新しい生き物が生まれる
母なる大地の中で生まれた新しい生き物
初めて知る……春夏秋冬、初めての春
四季の変化がなくなり、困惑した母なる大地
……暖かい、寒さの感覚が薄らぐ……
母なる大地、凍る冷たさがあって耐え

地中の生き物が生きる心を励ました
暗い、暗い大地で……自己を鍛え
1＋1……4、5にも膨らむように
夢が広がり、生きる力をくれた……母なる大地

よく見てごらん……
多くの生き物が大地にいるよ
冬を越した夏草が生えてる……
見知らぬチョウが舞っている……
黒い鳥が飛んでいる……
あっと、いう間の自然の風景だ
どんどんと変わっているんだ
生き物が先取りしているんだなぁ
鳥の糞から新しい種が芽生えてくる
新しい雑草が生きて蘇る

この生き物たち……死なないんだよ
地中深く、海底の底で、宇宙の果てからも
目に見えないものがやってくる
どこで生まれて、どこに棲みつくのだろう
母なる大地に永遠に……抱擁し抱えるんだなぁ……

（作品１６０１号）

まだ朝なのに……もう暑くてたまらない
負けてなるものかと……
声高らかに、クマゼミの大合唱
よく見れば、産毛が新しい
それも二匹、三匹と続いてる
騒々しく……激しく叫んでる
自己主張……今しかないんだと
大人も子どもたちもないんだ
妥協したら生きてはいけない
生きてる……生きてる証しがあるんだ
ほんのわずかな時間しかないのだ
生まれたばかりだよ！　早朝に生まれ、すぐに成人するんだ。その一声、
どう表現する。よく聞いてごらん……みんな同じ声ではないよ、少しだ

け違うよ。いま、ここで、自分の生き方を学んでいるのさ。妥協など許されない……それぞれの生き方があるから。私たちの生きる時間……あっという間に終わってしまうのさ

（作品1602号）

静かな午後の時間があるのだなぁ……
風が止んで、無風になり
流れてこない……何も動かない
木の葉の揺れる音もわからない
羽の下から汗がにじんできたよ
どの仲間も警戒心がなくなり
ウトウトした状態で……夢心地
鋭い爪で必死で幹をつかんでる

ハッと……気づかせてくれるのは
子どもの振り下ろす網の音なんだ
真剣に生きるんだよ！　生きる……自分との戦いだ、一瞬とも心を離せない。自分がうかうかしていれば、逃げることができず捕らわれの身になる。どんなに暑くても短い時間しか生きられない……。この猛暑を生きる、真剣に生きなければ生半可ではないんだ……実感だ

（作品１６０３号）

セミとりの網が空を飛んでくる
足音を忍ばせてやってくるんだ……
鳴くのを……やめよう……
捕獲されたら、もうおしまいだ
あっけなく終わってしまったら大変だ

なんで生まれてきたんだかわからない……
僕は……もう少し生きたい
どんな猛暑の中でも強く生きたい
喉がつぶれるまで鳴いて見せる
「やかましい」と言われてもいいんだ……
榎の幹に隠れるんだ
誰も喜びはしないんだよ！　どんな猛暑でも自己の生き方は変えられない。声高らかに鳴くのが本性、鳴いて捕獲されたらもう終わり。一時鳴くのを止めて遠ざかろう……。いろんな生き方があるだろう……空しくして短い命が尽きてしまう。一生を全うしたい……僕にできるのはただそれだけ。自然淘汰され、ポッと息が切れればいい、それだけなんだ

（作品1604号）

のけ者にされたカラスがいます
窒息しそうだった……
お〜い、ここは住み心地がいいぞ……
デグの木のてっぺんで、一休みだ
邪魔するものもいない……
じっくり見れば、見晴らしがきき素晴らしい
……緑なす田園が続いてる
崩壊した町並みは、まだまだ更地だ……
生い茂った木立に、ポツンとした家が見える
あの低いのは、新しい農家の家だ
じりじりと照りつける太陽……衰えないぞ
孤独で遊ぶのだよ！　真夏の昼は暑くてたまらない……体力が消耗する
んだ。しばしの休憩が必要だ。自分が決め、どう実行する……共存して

生きる。どんな鳥も森の木陰で休んでいるだろう。賢いのだよ……ある
がままの環境を上手に生かしているんだ。集団で生きても、一羽、一羽
の生きる姿がそこにある……明日を夢見て、孤独楽しもうよ

（作品1605号）

あの日、あの時、あの場所で……
穏やかな川が……濁流になった
忘れようとしても忘れえぬ
前日からの大雨が襲撃したんだ
鉄砲水になり……山崩れ
あっという間の出来事だった
頭は朦朧として……何もできず
手も足も震え、止まらない

哀れな姿になっていたんだ
歩きたいけど、歩けなかった
水のエネルギーの怖さ、まざまざと知ったよ
目の前が真っ暗になったよ！　小川の水はいつも奇麗……氾濫するなんて想像しなかった。これは人間から見た状態……。小川は安心していたのだろうか。常に自然から振り回されて、常に変化させられている。自然の生き方、これが常識だろうか……現実を捨てて見ればわかるだろうなぁ

（作品1606号）

被害に遭ってはじめて気づいたんだ
水害は……いつやってくるのだろう
忘れている頃に必ず襲いかかってくる

それは……心にゆるみが出た時だ
それは、誰だって持っているだろう
ただ、ただ、この現実どうしようもない
この地域、水に浸っている……
家具も、家電も、寝具も、衣装も
泥水をかぶり……哀れなる
やり場もなく、言葉も出てこない
我が家だけは大丈夫だったかと……
何もわからないままだよ！　自然の変化で予想ができなくなった。哀れなるかな……生き物よ。ああ……残念、途方に暮れてしまう。雨が自然を傷め、自然が生き物を崩壊する。雨でさえ拒むことができない……自然の巡り合わせだ。耐えきらなくなった大地、大きな自然被害を生んだ

（作品1607号）

メダカが泳ぐ、楽しいメダカたち
のどかな小川、清らかな小川
雨が止まない……すさまじい流れだ
限界を知らされた瞬間だった
堤防が切れ、濁流になり
どんどんと……田になだれ込む
あっという間の出来事だ
想像を絶する氾濫だ……
メダカたち……どこにいるの
流されたのだろうか……不思議に泳いでる
自然が生きているのだよ！　山あり、川あり、共に流れる水が絆を結んでいた。山の水にも、川の水にも魂があり、僕らを自由に遊ばせていた。この里の、この自然の風景が変わった。自然により自然が変化する。あ、

あ……どうすることもできない。そうだろう水の神さん……魂があるんだ

(作品1608号)

春の風さん……楽しそうにそよいでる
真新しいユニフォームに体当たり
小さな力ではね返している
いつもと違う雰囲気になったぞ……
見慣れない顔が……あちらにも、こちらにも
真っ赤な顔になり真剣なんだ……
黙々と……トレーニングし走り出す
響き渡るんだよ、山の上のグラウンド
小さな声も……大いなる声援だ

お父さん、お母さん微笑んでいる
春の風さん……天空に舞い上がりだす
どのように生まれ変わるのだよ！　声が出ないのです……周囲に圧倒さ
れて、ちぢこまってしまっている。先生の声も、張りのある響きになっ
ている。初めての経験であり、初めての出会い……惑わされなく、自分
を光らせる。自己を、どう表現していくかだろう。一つの壁を破る……
愛らしい心を持って

（作品1609号）

雨が降らない……なぜ、なぜなんだろう
もう、２週間もたつのだよ
猛暑……焼きつけてくる灼熱
緑なす葉っぱも、しおれそうになるんだ

光沢も少しだけあせたよう……
ゴミが積もり、溜まってくる……
風が吹いても、綺麗にはならないよ
大きな深呼吸も……だんだんとできない
あめ、雨がほしい、雨で洗いたい
……サッパリし元に戻りたいんだ
助けて……急いでよ……白い雲
何をしても残らないのだよ！　環境……生き物には大切なものなんだ、どうにもできないものなんだ。猛暑を、どう越すかが生き物の生存にかかわってくる。明日という日はわからない……今をどうするかなんだ。生きる夢が遠くなっていく……どうしよう。自然が変われば植物も動物も、命どうなるの

（作品1610号）

こんもりとした雑木林に
それぞれの鳥たちの独演会……
個性ある歌声を奏でるんだよ
聞く人もなくていい
大きな声で歌える……それでいいんだ
どんな一声かけるのだろう……
自分ではわからないままなんだ
楽しく生きるための……挨拶だろうか
皆知らずに鳴いているんだ
さあ……自分の主張大きく広げよう
誰も来なくなった森だよ！　野辺の中の森も年々成長し、鳥の楽園を作りだす。自由に気ままにエンジョイしている鳥たちだ……。小さな森にも生存競争が激しくなっている……冬には見られない鳥さえ現れている。

思いやりもなく、脳裏を離れられないでいる……

（作品１６１１号）

……小さなお堂に続く道
久しく、この道を歩くんだ……
壊れたままになっている、お堂
神さんが呼んでくれたのだろう……
子どもらのはしゃいだ声があり
母さんの手作り弁当を開き
おばあちゃんたちのクシャクシャした顔
嬉しそうに話が尽きないでいる……
子どもらは食べるのが忙しい……
桜の下の小さな温もりの輪も

過ぎ去る時の流れ、どう変わるのだろう
道はどこまで続くのだよ！　お堂に続くこの道……ゴロゴロした山道だ。
時の過ぎるのも遅いようで速いのだ。見慣れた顔がいなくなっている。
話す相手がいない……この自信のなさ、どう払拭すればいい。心に迷い
があるからだ……決めたことをまっすぐ進もうよ。死すまで坂道を一歩
一歩登ろうよ……

（作品１６１２号）

それはね……脱皮する大きな仕事
冷え冷えとした大地で
自由が利かない……微動だにせず
深い眠りでの生活だった
長い……長い時間をかけてここまで来たよ

温かな光も、空気も知らず……眠っていたのだ
明日の朝……偉大なる作業をするんだ
自分で殻を破り……成長するんだ
暗い大地から光の世界に
静かにやり遂げなければならない
そのまま、空を飛んでみたい……生きる夢だ
自然って不思議だよ！　予期できないいろんな変動が起こる……大雨あり、台風あり、地震ありわからない。自分を殺すことなく、生き生きとのびのびと生活する。生きるとは、その時その時を自然と共に生きることなんだ。見えない世界も、見える世界も生きてきたということなんだ
……ありがたいなぁ

（作品1613号）

夕日がきれい……きれいな夕日だ
だんだんと大きくなって
赤々と満喫させている……
沈むのが早い……本当に早いなぁ
心に、どう焼き付けたのだろう
無口の夕日……黙ったまま
夕闇が追い打ちをかけてくる
冷たくなり出した……流れる空気
自然は連動してこの大地に四季を作り
生き物に一休みの時間を与えている
……ねぐらにカラスが飛び去った
悠々として沈む夕日だよ！　明日のことはわからない。いえることは夜が来るということだけなんだ。嬉しい夜が来るのか、悲しい夜が来るのかわからない。自然が決めるのではなくて、生きているもの全てが決めることなんだろう。今……ありのままの自然が動いているだけなのです

（作品１６１４号）

つぎからつぎへと飛んでくる
どこまでも……頭の上をついてくる
よく見れば、同じ顔した赤トンボ
うり二つだよ……赤トンボ
僕はどこから飛んできたのだろうか
あなたは、どこから飛んできたの
隣の友はいつ生まれてきたの
私は昨日生まれてきたの
初めて見る顔だよなぁ……あなたは

みんな兄弟姉妹なんだろうか
不思議なめぐり逢いだよ！　言葉を交わさなくても、以心伝心で飛ぶ姿でわかる。不思議な巡り合わせと思うよ。この季節に生まれてきたというのは……同じ里なんだろう。この空で心を慰めることが唯一の仕事……。身近にいる生き物……だんだんと忘れ去られる運命になりそうだ

(作品16615号)

……揺れる、大きく揺れる羽
涼しい風で気分爽快になり
みんなと一緒に飛んでいく
強い風がくれば、飛びたくても飛べない
小さな赤トンボ……悲しい
遠くの彼方から遊びに飛んでくる

オニヤンマ……強い羽だなぁ
高い所から急降下してくるよ……
飛ぶといっても、こんなに違う
高く、大きな夢で飛んでみたい
大きな発想……進化してやまない
力強く飛びたいのだよ！　オニヤンマのように高く、速く飛び夢をどう乗り越える……。夢に託すことは知恵を工夫し……どう、実行するかだろう。一生という長い時間を考えてみる。目標に終わりはないよ……できる、できない誰も問えないよ。自由で、創造的なものの見方あるだろうなぁ

（作品１６１６号）

目覚めれば、今朝も始まった

足元から熱風を生んでくる
あ、あ……どうしたらいいのだろう
大地も……手の施しようもないと
頭上からギラギラとした灼熱
止まることがない……猛暑続きの夏
緑なす……草木さえもストレスに
ウンザリとした自然の世界
癒やしがほしい……いつ蘇る
無言のまま、刻々と時だけが進む
どう生きたらいいの……

空を見上げたよ！　空一面が暑い夏の青い空。白い雲……どこにも現れていないよ。この現実を、どう受け入れる。環境の変化、宇宙の異変だろうか……ありのままの地球、どう進むのだろう。異変……今年だけではないはずだ。咲いた花は変化しながら耐えて生きている。何かを捨てて、全体を見て変わっているんだろうなぁ……

（作品１６１７号）

風も通らない……真夏の夜
僕たちは活躍するんだ
一匹、一匹……それぞれに
自分の大好物を目指すのさ……
すぐ近くにある、人の血だよ
羽音を響かせないで
そろり、そろりと近寄るのさ
この集中力……大したものだろう
僕らはね……嫌われているなんて思わない
命ある生き物だもの……必死だよ
僕の命は……手で叩かれれば終わりさ
黙って行動するのだよ！　嫌われているだろうなぁ、黙って人の血を吸うんだもの。血が大好物の僕らなんだ。見つかれば叩き潰されてしまうんだ。これで万事終止だ……。生まれたからには生きなければならない。
美味しい血、居ても立っても居られない……これが宿命だ。四六時中ど
こにでも出没するんだ

(作品1618号)

迷い込んだよ……広々とした畑に
僕の仲間が飛びはねていない
鳴き声も聞こえない
鳴いても、返答がない
一匹では心もとない……
襲われれば……もう終わりなんだ
ヘビからにらまれたら、どうしよう
どうすればと思案だよ

空を舞う野の鳥が……憎い
声かけあって連絡しているの
異様なトンビの目が気になって……
不意の訪問者だよ！　大慌てになったよ……いつ遭遇するのだろう。自分のエサを求めるのに必死、相手が襲ってきたことに気付かない。用心に用心を重ねていても、一寸先は闇だ。欲張れば、欲張るほどに不意に出会うんだ。ほどほどの気持ちがないのだよ……

（作品16619号）

水だけでは暑さの疲労が取れない
甘い、甘い樹液がほしい……
……この暑さには必要なんだ
ハチも、カブトムシも、カナブンブンも、チョウも

少しの樹液に……群がって
ちょっともクヌギの木から離れない
カブトムシは頭から突っ込み
動こうとはしない……カナブンブン
ハチが襲うが無視したままだ
チョウはのんびりと距離を置いている
面白い構図の勢力争いかなぁ……
夕暮れの出来事だよ！　一日を飛び回り疲れてきたんだなぁ……。どの昆虫もこの木に集まっているのです。クヌギの木も樹液が出たり出なかったり、見つけるのに必死なんだ。雨も降らなく、明日には養分が取れないかもしれない……今十分に補給しなければ、明日への活力にならないのです

(作品1620号)

お……い、そこゆく雲さん
なにか、ゆっくりはしてはいない
後ろを気にかけているようだね……
もっと前へ、早く進まないか
わかってるんだよ……
後ろから来る、母さんが遅いんだ
じいちゃんたちと一緒なんだ
腰が悪い……じいちゃんがいるんだ
進めば、進むほど遠くなるんだ……
だから、止まり止まり進むんだ
……だんだん、ちりぢりバラバラに
慣れって怖いものだよ！　雲の激しい動きを見ることができる……飛行機の中からだ。外からはわからない……なかに入って初めてわかる。雲もすさまじい行動で生存競争をしている。自然は捨てるものを捨てている……なすがままの状態でいるのだ。なぜ出来るのだろう……

（作品1621号）

青い空に浮かんでいる
柔らかい、フワフワの白い雲
昼寝の時間だったのだろうか
あなた、取り残されて……
みんなどこかに流されている
それぞれの立場、それぞれの役割……あるの
不思議でならないのだよ
これからどんな状態になるのだろう
今……コンコンとした無風状態

吹く風で運命が決まってくるだろう……
……まろやかな白い雲のままで終わりたい
ぽっかり浮かんだ白い雲よ！　浮かんでる白い雲……広い海でポツン、
ポツンと水蒸気になり生まれ変わった。生まれた海は、もう遠い世界だ。
新しい命で、この天空まで運ばれてきたよ。この命大切にしたいんだ
……自然が生かしてくれたから。身をもって得てみたいと……

（作品1622号）

早いなぁ……もう、こんな時間だ
自然が自然を呼び寄せあって
師走の風が野を駆け巡る
あ……あ冷たい風……
刺してくる、痛くなる風だ

「あっ」という間にこんな季節
見上げれば……
灰色の雲の世界……どんよりとした空を生み
あの雲から生まれくる
大きな粒に小さな粒が
……ポツン、ポツンと叩くのだ
山の収穫の時期だよ！　今、雨が降ったら大変だ、また収穫が延びてしまう。自然は予期せぬ時に変化が起こる。不思議なんだよなぁ……。空を見上げて働かなければ旬のものを収穫できぬ。地は天のなすがままの状態だ。自然の中で生きるものは……一つ一つと向き合わなければならないのだろう

（作品１６２３号）

どんなに早く起きても
時を刻んで……迷うことなく
必ず太陽は昇ってくる
自由が、自由がないだろうなぁ
この地球の生き物のため
この宇宙の生き物のため
止まることができない……
なぜ……朝の輝きが「まぶしいの」
大いなる地球の自然にエネルギーを与えたい
自然の声が溌溂とするだろう
自由に生きる、こんなに厳しいものはない
声が、声が響かないのだよ！　一代しか生きられぬ、哀れなる生物なんだ。宇宙が生む変動、いつ来て、いつ終わるのかわからない。生物の自由など一瞬にして奪い去る……。生きる……ほんのわずかな時間だ。自分の仕事、誠心誠意やらなければ価値がないだろう。愚痴言ったって仕方がない……われ自ら見てみよう

（作品1624号）

一秒が生きている
その百分の一が生きている
一瞬の出来事……ほんの瞬きだ
息を吐いた時に肺が動く
息を吸った時に肺が動く
自分が生きていると……
厳しい……自己との闘い
大いなる競争が目の前にあるんだ

無言のままで、一瞬とも休まない
自己の小さな心臓……尊いもんだ
ひと汗、ひと汗が生きている
自己を見つめさせる時だよ！　一番の始まりに信がある。たかがスポーツではないよ、自己との精神的な闘いだ。どのスポーツの世界でも極楽にもなるし、地獄にもなる。信をもって……自己をどう鍛える。無理して鍛えれば身体に害を生ずる。……地道に、一歩一歩進んでいこう

（作品1625号）
もう始まった、カラスの会話が
まだ……薄暗い早朝だというのに
三羽、四羽と重なりあって
カン高い叫びで飛んでいく

何を言っているんだろうか……
親子、家族の朝のあいさつ
朝食の催促
仲間への元気な声を
西の方角から叫べば……
東からの響きが返答だろうか
カラスの声……わからないまま
鳴き声を残したままだよ！　元気よく鳴き声を響かせて飛んで行くんだよ。親子、兄弟それもわからない……。意識が通じ合えばそれでいい、あとはそれぞれの責任なんだ。今日一日どのようなエサを見つけ、暮らしていく。必死でエサを見つけることが使命だと……共に確認したのだよ

（作品１６２６号）

この一帯……夏の雑草の群生地
自由、気ままに生きているんだ
気づけば……どんどんと伸びている
他の仲間に負けたくない……
ただ、その一途さなんだ
高い緑の壁になり……他を寄せ付けない
生きている証しを作りだす
太陽のエネルギーをもらい
水分もほどほどの雨が潤す
大地に……どんどんと根がはれるんだ
生きるのに十分すぎる環境だよ
生きる楽しさがあるのだよ！　環境の変化が激しくなっているよ。知らぬ間に生かされている……自然がそうさせている。共に生きなければ、自分たちの成長もないんだ。荒れた大地に自由気ままに生きられる……
一番の取り柄だ。これが雑草のいいところなんだろう……。他の生き物
も一緒にいる、不思議な巡り合わせなのです

（作品１６２７号）

もうすぐ……長い、ながい休みに
学校で遊べない……これが夏休みだ
夏休み、それは遊びの夢をよぶんだ
朝から……泥んこになり
僕の好きな遊びへの第一歩……
野外活動が楽しく始まりだすんだ
先生、どう思うのだろうかなぁ……
友達みんなで水遊びだぞ……

夕暮れの太陽に負けない
笑っているだろうなぁ……真夏の太陽
一休みしてから……帰ろうと
なんでも一生懸命だよ！　日がな一日、時間も忘れて……好きなことに
無我夢中になるんだ。頭の中を空にし、遊ぶことだけがひらめいてくる
んだ。夏……熱いエネルギーを身体じゅうにいただくんだ。真っ赤な太
陽は何も言わない……じっと見守ってくれている。あなたに大きな夢を
期待しているのだよ……

（作品１６２８号）
……山道を登っている
この山道……誰が作ったんだろう
いつからこの山道はあるのだろう

自問自答を繰り返しながら
下を向いたまま……一歩一歩と
いつ登っても……この道、泥だらけ
春は特にひどいぞ、霜解けで大変だ
山道が幾重にも分かれているよ
われ、この山道を通ったんだろうか……
記憶が薄れたままなんだ
山道、どう進むかだよ！　誰が作ったのだろう……この山の道。登るたびに山道の感触が違う。春夏秋冬、自然からの襲来で防ぎきれない……なすがままの山の道。四季折々の山を自然人という趣で遊ぶ、一度きりではないのだよ

（作品1629号）

五月の風が心を開かせていたんだ
心を癒やし、体力を満たし
上着も要らない……さわやかさ
自然が自然と共に変えていた
生きる望みを与えていたんだよ
今、五月の風……迷ってる
どこに行ったんだろう……
遠い宇宙の果てに行ってしまったの
身近な初夏よ……本来の初夏よ
青空と共に吹いてほしいなぁ
予想不能なんだよ！　雨が必要な時に降らず、太陽も必要な時に照らない。四季が……もう無くなった。この変化……生きもの自然と、どう共存する。空も雲も海も木も草も動物も昆虫も無言のままなんだ。一度壊したもの二度と回復できないだろう……膨大すぎる自然だもの。四季取り戻せるだろうか……

（作品1630号）

ツタにぶら下がる、小さな実だよ
見つけたよ……野のブドウ
見つけ出すのは野の鳥だよ
こんなに美味しいものはないと
一日中ここで食べてるよ……
甘酸っぱい味だ、懐かしい味
母さんが伝えたかった……旬の味
ためらっても仕方がない、食べるんだ
食べなければ……生きることに挑戦できない

風立ち騒ぎ、もう……遅い秋
知らなくなっているんだよ！　里の森も荒れ放題になってきている。手入れされないままになり、生きものは喜んでいるのです。エサには事欠かない……こんな自由な自然はないのだ。壊れた自然が野の鳥の楽しい棲家だ。そこに新しく再生する……自分たちで認め合わなければダメなんだろうなぁ

（作品１６３１号）

豊かさ……何だろう
慣れてしまって、真実がない
自己の主張する心……大きな声にならない
他己の意見によりすがり
うなずくだけの自己の世界にひたっている……

生きるとは何だろう、何したの
黙々と働く……アリのあの努力
蜜を求める……ミツバチたちのあの気迫
知らず知らずに真実の自己がある
己の生きざま……隠れてしまってる
忘れ去ったもの、いつ現れるのだろうか
探し出してほしいのだよ！　自分から求めなければ、巡り合っても気づかない。必要なのは、自分で行動を開始する。どんな小さなことでもいいんだよ……。成功、失敗……それはわからない。自分の心で受け止める大きな勇気……自分自身で作るものさ。自分の心が積極的でなければ実行できない。……人を気にしなくて生きてゆけるさ

（作品1632号）

みずみずしい……野イチゴたち
荒れた土手で小さな実をつける
生きる緑の世界が狭まりだした
友達の顔も、どこ、どこ、どこにあるの
私……今が甘くて、食べごろと
どんなに自己表現しても
欲しがるものも、出てこない
物珍しさもなくなったのだなぁ……
どんどんと置き去りになって
野に生きる……忘れられる運命
そんなに遠くないぞと赤い涙だよ
それでも果物なんだよ！　野に出て探す子供らがいない。親に興味がなければ子供もわからずじまい。……「食べ物」に真剣さが失われている。

どんな野イチゴの実にも、野イチゴの味を含んでる。人々の舌が飽満になっているんだよ……。もののあわれ、野イチゴを愛する心が失われている……

（作品1633号）

夏の生き物に変化が……
猛暑が続き、それも炎天下
動く生き物はいい、逃げ出すことができる
大地に根を張るもの……どうすればいいの
空気も異常だ、竜巻を呼び起こす
大地も風で砂ぼこり
哀れなる、何もできない花や木々
うつむいた……咲いたばかりの朝顔

しおれた顔……空を見上げた百日紅
何かを期待したい……雨だ、雨だ、雨だ
少しばかりでもいい、欲しいんだ
白い雲……無情にも通り過ぎてしまう
夏空を嘆くのだよ！　日の出とともに夏の空、異常だ。ここを去ること
ができない……大地と共に生きているから、生きなければならない宿命
なんだ。午後からの夕立を待つしかない……雨が少しでも降ってくれる
のを願ってる。耐える……自分自身を捨て去ることだろう

（作品１６３４号）

まぶしいだろうに……
群れをなし、鳴き叫びながら
夕陽に向かって飛んでいくのだ

それも……山から街中へ
よく遊び、よく休んだぞ
今からがエネルギーの発散だ
夕食にありつけるか、ありつけないか
生きる激しさがあるんだ
街の美味しいエサの争奪戦
生き残るための知恵比べ
不気味な行動、どうとらえればいい
不思議さがあるのだよ！　山の中にも、田舎の里にも食べ物が少ない……。人ごみの中にしか美味しいエサは転がっていない。仲間とケンカしてでも生きる道を探さなければ……。カラスにも豊富なエサが必要なんだ。生きて行動しなければ……明日よりも今をどう挑戦するかだよ

（作品1635号）

台風のもたらす雨……恐ろしい
黙々と降り、黙々と流れる……
夕暮れ時に……それは起きたんだ
堤防を、あっという間に越えてきた
道路が川になり、田が大海原
橋は……落下し渡れない
どうすれば逃げ出すことができるのだろう
我が家も……軒下まで来ているよ
急いで二階に駆け上がったよ
濁流の濁流以上の現実だ
濁流の凄いエネルギーだよ！　濁流の中で、どうして生きているの……。
川の中に棲む生き物たち不思議だなぁ。あの、激しい濁流から身を護る
……どこで、どう生きていたの教えてよ。エラ呼吸する川の魚たち、そ

れぞれに知恵を出し、対応して生き延びているの……未来へ繋ぐ命の大
切さだよ

（作品１６３６号）

緑なす……稲田も
猛暑でどうしようもなくなった
カラカラの稲田になり
水がないのだ……渇いてくる
水がほしくても、雨が降らない
夕立さえ、遠くなっている
生きる根が蒸れてしまう……限度だよ
みて見て……大きな貝がいるだろう
根を食べにくるんだよ……

取り除いてよ、命がなくなるんだ
立ち枯れてくるんだよ……早くして
異常な暑さには勝てないよ！　夕立が降ってもカラカラなんだ……一時的なものでは効果がないのです。哀れさを隠しきれない稲田なんだ。この猛暑、限度を超えた鍛え方なんだ。根はちぢみ、芯は枯れ、成長が止まる。……黄金の実りもどうなるのだろう

（作品1637号）

気持ちがいいだろうなぁ……
小さなメダカが、大きく泳いで
大人に成長しているよ
もう……これ以上大きくなれない
エネルギーが旺盛で、浅瀬をとびはねる

幼いメダカが逃げ惑う
わき目も振らずに遊ぶのだ
水草に隠れる……俊敏性
生きるために遊びからの取得だ
大きく飛躍する僕ら……泳ぎの知恵だ
環境は作れないのだよ！　小さな小川の環境が激しい。雨が降れば濁流になってドロドロだ。汚れた水、清らかな水……生きるために元気で泳げばいい。水草がいつでも環境を変えてくれる……いい仲間が多くいてありがたい。この川の水量も少ない……ゴロゴロした石ころばかり

（作品1638号）
原野の中にたたずんでいた
こぢんまりとした……小さな森だった

生き物の……癒やしの森だった
伐採され……小さな森が消えた
小さなカブトムシが消えた
チョウやトンボも寄り付かない
野鳥の鳴き声もカラスだけだよ
棲める木々が丸裸なんだよ
自由にはばたく……何もなくなった
木陰のできる木々がほしい……
夏、なつ、夏、猛暑の夏だ
猛暑の午後だよ！　あ、あ、大変だ……この猛暑。夕暮れになっても焼けた大地のまま。生き物にとっての癒やしの森がない。かけがえのない森がない……どう過ごせばいい。自然環境、人間だけではないんだよ
……他の動植物も同じなんだ。宇宙全体の生き物で考えてほしいなぁ
……自分だけよければ、どう思う

（作品1639号）

朝の騒々しさで鳴きだした
苦しそうに連呼し……
あ、あ……哀れなるだろうなぁ
本当に短い現世になり
鳴き疲れた果てなのだろうか
夕べにはもういない……
不思議なんだなぁ……
安住の棲家、どこだった
しっかり掴まえた木の幹に
燃える……猛暑に
耐えきらないでいる……クマゼミの仲間たち
無言になってる木々だよ！　楽しむこと、何だったんだろう……自問することもなく、ただ鳴いて自分の存在を示すだけの短い一生。この猛暑、炎のような風になり、体を包み、息ができない空気を生む。哀れな猛暑の現世です。宙ぶらりんのままで空への旅だち……

（作品1640号）

風がない時は気分がいい
上昇気流を見つけ
屋根よりも高く飛び、仲間とのツーリング
のんきに、のんきに……どこまでも、どこまでも
広々とした、田舎の風景を楽しめた
こんな時は、めったにないよ
強い西風が頭を押さえ、上がらない
羽ばたきたいけど、羽ばたけない……押し戻される
まぎれもなくやってきた

一瞬にして大きな粒が……身体を叩く
夕立ぐらいでは治まらないぞ
昨日生まれたばかりだよ！　世間の風に対応しなければならない……厳しい条件だ。自然はなすがままに見ているだけ。生きるための対応……間違えれば命がない、明日がない。生まれたばかりだといえども、自然は待っててはくれない。生きるため……自在に時空を飛べるだろうか

(作品1641号)

あの星々だって……ほら近いだろう
どんなにもがいてもとれそうで、とれない
あのお月さんだって目の前だ
手がとどくようで、とどかない
遊びに行けるようで、いけない

不思議なんだ……夜空というのは
宇宙って……近いようで、遠い世界だ
今見る、キラキラの輝き……
あの輝いている星々……
汚れていても、あんなに見える
透明すぎるほど、透明だ
途方もないよなぁ……夜の星たち
宇宙って空間だよ！　夜空の星たちよ……よく見えるなぁ……。それぞれに個性を発揮し輝いている。空間の清らかさ……人の心以上だぞ。じっと見れば、輝きが変化したような気がする。宇宙……空間……空気……どんな透明で不思議な自然。ぴったりと影のようによりそって動き出すんだ

（作品１６４２号）

どんよりとして……心が晴れない
初夏の朝がやってきた
この灰色の雲、雨雲になるのだろうか
天に昇れば、まばゆい朝だ
太陽が煌々と輝いてる
どこまでも、どこまでも続いてる
雲の……オンパレードなどないよ
風の……さわやかな朝もないだろう
湿ってる……緑の木々もないよ
頭上から落ちてくる……五月雨もないよ
天空、それは限りない遠い宇宙だ
鳥が鳴かない朝だよ！　生き物すべてに朝の目覚めは大切なんだ。目覚めが悪ければその日の活力が湧いてこない。小鳥だって嫌になるだろう……人だってそうなんだ。四季……それは自然が作って、平等に好きも嫌いも与えているのさ。鳥の鳴き声、知らないものはいないだろう。朝の目覚めのシンボルなんだ……

（作品１６４３号）

真夏の強烈な日射しで
この木の皮が一皮むけている……
進化してやまないのさ
それも誇らしく咲いて見せ
自然と生き生きとするんだ
それも太陽の厚い暑い恵みで
赤味を……鮮明な赤にして
おしみなく表現し

持てる全てを出し惜しみしない
今日も百日紅の花……喜んで
雨が降らない、大好きだよ！　真夏の暑さに好んで自己表現ができる。
自然に同化できる……自分だけなんだと。身を削ぎ花を咲かせる……見
えないところを大事にする。……そこに価値があるんだ。たゆまない努
力が必要だと……暑さに打たれても夢を持とうと

（作品1644号）

段々畑の……ミカンたち
より美しさを放ってる
いつやってくるのだろう……
あの老夫婦に恩返ししたいの
……ここまで大きく育ててくれ

美味しさも十分に蓄えている
熟したこの味……このミカン
もぎ取って、食べてほしいなぁ……
甘酸っぱい……微笑みを見たい
野鳥のエサに吸いとられたくないの
腐りたくはないのだよ！　一本の木に数知れぬほどに実っている……ミカンたち。果物にそれぞれの美味しい時期があるだろう……時期を逃したらダメなんだ。このミカンたち丹精込めて作られる。ミカン農家も老夫婦が廃業しているんだ。ミカンとして生かされた運命だもの……捨てないでほしいの

（作品1645号）

お……い、太陽が沈むぞ

もう、そんな時間かなぁ
師走の一日、こんなにも早いの
騒めきだしてくる……野の鳥の群れ
寒くても朝早くから飛びだし
みんなと一緒に枯れ草の上で過ごせる
この時期なんだ……仲間とのふれあい
……こんなにも時間が足りない
僕の前で……朝の太陽を拝んだのに
僕の後ろに……赤々と落ちていく夕陽だ
明日は晴れてくれるだろうなぁ……
気付かない太陽だよ！　太陽がいつバトンタッチしたのだろうか……朝
から昼、夕べに。東にあった雲はどこへ、西に固まったままで動かない。
どう動かすのだろうか……太陽だろうか、風だろうか。もう雲は帰らず、
何もなかったような時だ

（作品1646号）

宵の口というのに、赤みをおびた雲が
どこから生まれてくるのだろう
太陽の熱射だろうか……
大地だってやけに熱いじゃないか
目に見えない水蒸気が
どんどん上昇して塊になり
この雲……生まれたのだろう
30度以上あるぞ
そうだろう……真昼がまだまだ続いてる
「生きるって」……一瞬一瞬変化する
息をするのが大変だよ！　秋が始まったというのに、夏の終わりがやってこない。自然界の異変で地球が熱い、四季が夏と冬かなあ……。ケジメがなくなってしまう……始めもなく、終わりもない。この島国の生き

た感動、美味しい空気が吸えない……未来がなくなるよ

（作品1647号）

歩いています……なつかしい山道
もう……10年以上来ていないなぁ
心が遠ざけてしまったんだ
自然を満喫してほしいなぁ
無言で何も語らない
空を見、山影を踏んでほしい
足を踏み入れてくれる……嬉しい山の道だよ
楽し気な親子のハイキング
大きな声が山に響くよ
一歩、一歩また一歩と進んでいくよ

寂しげな山の夕映えだよ！　近くの山だけど、だんだんと離れてしまう。自然を楽しむ、愛する人……どこにいったんだろう。飾り気のない、気づかない自然を、どう夢見ればいい。大きな心でなく、自由で小さな遊び心で自然に寄り添ってみたいなぁ……

（作品１６４８号）

夕暮れが近づいたなぁ……
あたりが薄暗くなっている
竹藪の中にできた、細い道
人が通ったような跡があり
気にも留めなかった……細い道
この先どこに続いてるのだろうか
わからない、この道

けものが通れそうな道だ
シカの通る道だろうか……
独りでの作業ももう終わり
不安がどんどんと大きく膨らみだした
よくわからないのだよ！　人が入らなくなった森が多い。健康維持で耕した畑も年々働き手がいない……。一時の夢が、もう消えている。不思議がらなくなった……けものたち。この森での生き方……逆転した生き方だ。楽しい生き方って何だろうなぁ

（作品1649号）

なんでだろう……不思議だなぁ……
早く帰るとは言ってなかったのに
僕だけ取り残された

ひど過ぎるんだ
太陽を背に受けながら
寒風に負けない……この勇気で
大きな鳴き声をまき散らし
黙々と飛んでいくしかない
棲家へ帰る……孤独な寂しさ
母さん、家族はそれでいいの
一生懸命に羽ばたく僕なんだ
嘆いてはいないのだよ！　僕らの家族はいつもそうなんだ……誰かが取り残される。朝寝坊すれば起こされることもない。そのままで手をかしてくれない。生きる厳しさがあり、自分のことは自分でする。当たり前のことを身につける……覚悟がなければ

（作品１６５０号）

そこまで来ている……立春
暖かい日々が多かったなあ
細身になって、やっと蕾がきたよ
皆が早いのだよ……遅かった
慌ててしまうんだ……なぜなんだ
海からの風が嫌なんだ
折れそうに曲がりくる……突風だ
身が持つだろうかと狂いだす
……花を咲かせる、希望を無くす
生きる限界だ……夜の海風がつらい
起き上がる力、どこにあるの
素直に咲いてる花だよ！　……小さな白いスイセンの花なのです。冬を越し、ようやっとで生き方を決めたよ。折れそうで折れない……この頑張りだ。生きるとは……誰が知ろうと知らなくてもいいじゃないか。素直に生きてれば自然が見てくれている。……私は私を信じているの……

（作品1651号）

恵まれない土地、見向きもされない
ほどよい雨が降り……雑草たちの宝庫だ
こんなにもどんどんと成長するなんて
想像していないよ……どうしよう
環境ってすごいんだ
大地あり、水あり、太陽だ
わがもの顔になってしまった
成長も、生きることも、暑さにも負けない
この時期……わがもの顔で生きる

願望だけに終わるのではない
この勢いを見せつけているんだ
まだまだ枯れないのだよ！　晩秋になっても根は大地に張っている。寒
波の季節が来れば葉が枯れ芯が萎れていく。呼吸ができなくなってしま
う……だけど根は大地にあるんだ。大地は暖かい……大地が凍りつけば
死んでしまう。大地が夏の雑草を大事に守ってくれている……四季の変
化が新しい息吹を与えてくれる

（作品１６５２号）

冷えた空気がわずかに揺れる
感じてるだろうか……
木陰の下で楽しんでいる……生き物よ
セミもアリもカブトムシも

どんなに暑い日々があっても
無我夢中で生きているのさ
いつもと変わらない仕事するんだ
大地をはいずり回り……エサを求め
緑なす葉っぱから、冷気をもらい
甘い樹液に群がっているのだ
楽しい一日……まだまだ終わらない
棲みよい世界ってないんだよ！　自分が望んでる世界ってどこにあるのだろう。常に愚痴が出ている、それが人の世界。僕らはね、ありのままの環境で生きているのさ。生きていれば、暑さも、大雨も、台風もあるさ。生きることを第一にしなければならない……。明日の環境、わからない……目覚めてから対応しよう

(作品1653号)

空の青さが青い鏡になっている
小さな黒い粒を見つけたよ……
だんだんと大きな米粒になって
ふんわり、ふんわりと降りてくる
現れてきた……ジャンボジェット機
木々の向こうに消え、着陸したんだ
遅れをなしてやってきた、大爆音
心に響き、耳を押さえる……子どもらに
何を残すのだろう……すごい余韻だ
良いイメージも悪いイメージも生まれるんだ
どう映るこの青い空だよ！　小さい時の印象忘れているようで生きている。美しい飛行機に、青い空、どこまでも響き渡る爆音。何もなかったような出来事を偶然に思い出すことがあるんだ。生きていれば心に何か

が残ってる……便利さだけではないよ。無心で生きていく、出来ない
なぁ……。低い所からの目、影響を残すことなんだなぁ……

（作品１６５４号）

小さなスズメが元気で跳ねる
黄金色した……稲穂の波を
家族も仲間も一緒なんだ
大きな波を……喜んで頭からかぶる
自然って……不思議だなぁ
季節が生きて、淀みなく巡っている
どこかで……何かが……
どう……動かしているのだろう
一つの歯車になり、繋がりを見せる

宇宙のから風が雲を流し
太陽は……豊潤の微笑みだ
真っ赤な夕日になったよ！　近い所だけを見ていてもわからない。じっと遠い所を見ていると何かが動いている……自然が動いてる。すべての出来事をすべて飲み込み、すべて発散させて進んでいく。知らず知らずに自己を離れ、平等にふりそそいでいるんだ

（作品１６５５号）

誰でもが通るこの道
慣れ親しんだこの道
……新しく舗装になったよ
凸凹したこの道、嫌だった
快適なこの道、喜ぶのだよ

雨は言うんだ……
生きるのに良いも悪いもないだろうと
大地が可哀そう……真っ暗い闇になり
呼吸困難になる、あわれなる大地に
激しい雨……容赦なく降り続く
何ともいわぬ道だよ！　雨だって生き物、大地だって生き物、道だって生き物。ただ黙ってなすがままに生き、なすがままに死す。道……どれだけの便利さが必要だろう。必要でない道も多いのだよ……。美しい自然に戻してくれないのだろうか。小さな島国の自然どこに行ってしまうのだろう……

（作品1656号）

珍しい……珍しい、西の空

輝きだし、明るさを増してる火星に
横に並んだ……お月さん
よく見れば、宵の明星も光ってる
ああ……なんという光景だ
三陽がそれぞれの光だ
じっと見なければ自然は語らない
こんな、幸せなことってあるのだろうか
自然がくれたプレゼントだ
「あっ」という間に終わってしまっていく
影響を及ぼしているんだよ！　雲により隠れて見えなくなったり、太陽が出れば消えてしまい、今しかないんだ。この地球に見せる絶好の時だ。生き物に大きな影響を与えているんだよ……。陰と陽……陽だけではダメなんだ、陰があって初めてできるのだよ。美しい月なんだ……

（作品1657号）

一度授かり、真夏に咲く
一つの命になった、大輪の花
炎天下には勝てない、しおれだす葉だ
芯はまだまだ一つに集中し
我が心……天に注いでいく
自然と自然のガッチンコだ
花を咲かすには負けられない
水分がこなくなるまで息をするんだ
芯が倒れるまで生きなければ
大きく笑って……泣いている
尽きないことだよ！　……一生懸命に生きる。生まれた時にはわからない、成長するたびにわかったよ。この炎天下、自分との勝負だ。生かされた命、ひとつ剝ぎとられても次の花をどう咲かせるかだ。葉っぱはし

おれてもシンボルの花を咲かせよう……。外に合わせて咲けばいいんだ
……気づかなかったよ

（作品１６５８号）

あの雨雲、遠慮しているのだろうか……
山の端で勢いがない
この猛暑……あの雨雲、遮断できるだろうか
早く止めてくれと祈っているよ
どうにも止められない……
ああ……今日も自由自在の猛暑だよ
ウンザリしたままの……草や木々
夕日が、夕日が、赤々と燃えている
わずかばかり風も熱風に

あの雨雲……夕立になる前に消え消えに
空気も炎天下だよ！　空気は見えない、自然との絡まり具合で温度を感じる。春夏秋冬の自然にいなければわからない。新鮮な風を起こすのは……空気なんだろう……。それぞれの発散が新しい夢を呼び起こしているぞ。不思議な存在だ

（作品1659号）
木々がざわめき始めた
真っ盛りの紅葉の音がする
まだまだ……風には負けないぞ
この美しさ、あと何日生きられる
この生き様が大切なんだ
1秒でも、1分でも自分を表現する

それが……生きてることなんだ
ひらひらと、ひらひらと
宙に浮いてしまえば……紅葉ではないよ
哀れなる、一枚の葉っぱだよ
まだ、まだ赤い葉だよ！　迷わないのかなぁ……紅葉の葉っぱよ。急いで散らなくてもよいだろうに、散れば紅葉ではなくなる。川に浮かんだ紅葉の葉、どうしている……川の藻屑になっている。落下してしまえば、哀れなんだ……枯れ葉になるんだ。自然の流れなんだろうなぁ。最後まで光って、輝きとおしたい……

（作品１６６０号）

ひんやりした空気が漂い
山深い……谷川の中へ

真っ赤な紅葉の葉っぱが
一枚、また一枚と……
美しい姿を残したままで
冷たくなっていくよ……
静かに、音もなく、落ちていく
浮き沈みの世界を……わずかな時間に
ひろくひろくした心で流れてる
あ、あ……沈んでしまえば、もう終わり
果てしなく終わったよ！　一番美しい姿を見せたい……短い時間だった
よ。自然界のいろんな現象を経験したよ。雨がいいとか、風がいいとか、
熱いのが悪いとかわからない。ただ新芽から緑の葉になり紅葉したこれ
が僕の一生だ。紅葉し惜しまれて落ちる……最高なんだ。静かに静かに
自然に還ろう……

（作品１６６１号）

人が飛ばされる……
想像を絶する……自然の逆襲
風も止まらない、雨の激しさ音のすごさ
一瞬にして悪魔化した……風と雨
トラックが横倒しになり
ガードレールに衝突した、自動車
飛ばされて、虚しい惨害
人の力……役に立たないままだ
何もできない、空ろなる表情
哀れなるかな……人の知恵
台風の激しさが止まないのだよ！　同じ春夏秋冬の状態はないと。自然は常に変化しているのに気づかない。太陽だって刻々と変化し速くもなり、遅くもなって動いてる。雨だって、風だって同じではないのだ。留

まれば暗闇の世界になるんだろうなぁ……。幾重にも重なりあい、映し
あっているんだ

（作品1662号）

お……い、この味なんだろう
故郷の畑でできたものだよう
シャキシャキ感がいいなぁ
舌に懐かしさがあるなぁ……
……「ばあちゃん」の手作りだ
冬にしかできない作業だ
手がカジカんだろうに
だから……味が染みている
真心が芯まで深くあるよ

送ってくれて……本当にうれしい
懐かしい味、忘れかかっていたんだ
わずかに残った味だよ！　なかなか味わえない味なんだ。ばあちゃんの
味……故郷がある人にしかわからない。なつかしく食べたよ……美味し
かった。故郷の味を送る家庭が少ない……経験が必要、年季がいるんだ
……どうなるのだろうか

（作品1663号）

小鳥たちが一番よく知っている
やつぎ早に飛び込んでくる
今が一番、美味しいとき
このうるわしい、甘いしたたる味がいい
この時期の、この味忘れられない

人間よりも先に食べる……楽しいなぁ
だけど優越感などわかりはしない
大きな実も小さな実も
木に折れんばかりに実っている
ここが我らの棲家なんだ
いつまで食べられるのだよ！　美味しい実もなくなってしまう。美味しいもので萬福しても永遠に続かない。生きていれば、日々補給しなければならない……一回限りではないんだ。補給がなくなれば死んでしまうんだ。この美味しい実も冬が来れば、もうないんだ。……粗末にできないのだよ

（作品1664号）
紙コップ……風に吹かれて

曲がりくねって転げだす
それも速いんだ
落ち葉さえ一緒になっていく
寂しいですね……この姿
気づかないうちに飛ばされ、舞っている
役立たずのものが、死んで舞う
一時止んでもまた起こる
夜の強風でちりぢりバラバラになっている
明日の朝、どこにいるのだろうか
この坂道……風の通り魔に
坂道の途中だよ！　もう……空も見上げることもない。枯れ葉になって
どこに運ばれる。死ぬ前の一瞬ざわざわした音をきかされ、一緒にいた
友も転げ落ちていっています。あっ……大きな石に引っかかった。幸と
思うか不幸と思うか……転げ落ちる途中だから。坂道の終点に着いたら
わかるさ……決断を迫られるから

（作品1665号）

手のひらにある「小さな種」
黒い種の粒々なんだ
指の隙間から落ちそう
こんなに小さな、この粒子……
どのような野菜になるのだろう
どんな姿の野菜なんだ
生まれてくる……夢の野菜
期待が高まってくるぞ……
素人が作れる、野菜になればいいなぁ
この「小さな種」……ひとり立ちしてほしい
どうすればいいんだよ！　誰でも大きくなった野菜しかしらない。店の店頭に出た時しかわからない。小さな種が大地の中で発芽して成長するんだ。都会ではわからないさ……気づこうとする気持ちがない。自分の

為だけに生きてる人々が多すぎる。野菜だって利益がでなければゴミと
一緒なんだよ。広い畑に野ざらしのまま放置されているんだ……

（作品1666号）

カン高い……音が響く
崩壊した土手の補修工事
なかなか手つかずだったなぁ
……やっとでの工事なんだ
自然の悪魔がいたる所で荒れ狂い……
あれよ、あれよとオーバーフロー
美しい里が濁流の湖に
大雨、台風、地震……常態化し
進化する自然……恐れる、眠れる獅子に

生きもの全て……息を止め、見守っている
心の動揺が激しいのだよ！　春夏秋冬、順風満帆に進むことなどわから
ない。自然も一寸先は闇なんだ……雨あり、風あり。心の羅針盤を忘れ
た時に、それも大きな影響で、大きな災害だ。生きるもの心の隅でどう
向き合う。心は自然の行動につられるんだなぁ……

（作品1667号）

雨の日も、風の日も、晴れの日も
孤独ではないと高々と響かせる
汽笛だ……朝の9時だよ
……今ここの港を出ます
昨日来た、飛びかうカモメたち
見え隠れするんだ……対岸が

帰れない……だから一夜を過ごしたの
誰も聞こうとはしないんだ
あ、あ、不思議な乗客だと思うよ
エサを欲しがる私たちだからだろうなぁ……
……生きていく時刻が動き出して
慣れたカモメたちだよ！　慣れって恐ろしいものだ。習慣化し、それが
本当のように思えてくる。毎日この航路を行き交うことで生きられる
……不思議なことなんだ。自由に飛び、楽しく遊び、時間を癒やす……
生きるためのエサが頂ける最高に有難い。私たちにはパフォーマンスも
できない、ありのままの生態をさらけ出しているのです……

（作品１６６８号）

淋しそうな……この野原に

吹いている、風が止んだよ
そのスキをついた突風だ
つむじ風を呼び起こし
穏やかだった火柱を
気づかないうちに持ち上げた
火柱が……火の粉を巻き散らす
枯れ草に飛び散った
わき目も振らず燃えていく
あっという間の出来事だ
早い……早い火の妖精になって
用心が必要なんだよ！　一瞬のスキを自然は見逃しはしない。自然が行動で示してくれたんだ、注意をしろという合図だ。生きていれば心にスキが生まれる……。自然と向き合う大切さだよ。謙虚に受け止める心を試されているのだろう……

（作品1669号）

いやな秋雨なんだ……
心の芯まで濡れてくる
冷たくて、耐えるのがやっと
どんどんと落ちてしまう
ああ……自分の番がきたよ
あの、もみじ葉も同じ運命にあるのだ
秋雨は……どの、もみじ葉も平等に濡らす
この盛りを過ぎた……もみじ葉たちよ
赤あり、黄あり、褐色あり……
どんなに騒いでも元へは帰れない
わからなくなったよ！　ここまで一生懸命だった。落下する瞬間は自分ではわからない……生だろうか、死だろうか。離れ離れになって、宙を飛んでしまう。ひとときの空しさがつきまとう、不思議な巡り合わせなんだ。落ちる前に気付いたよ……自分の生きたいように生きたのだろうかと……

（作品1670号）

彼岸花だよ……
彼岸は……春と秋にやってくる
春、黙々と眠りの中なんだ
なすすべもなく、哀れなんだ
秋は……自然が、大地が呼ぶ
喜んで大いに時を告げ
赤い、赤い顔でおおいに歌いだす
大地の空気は美味しいのだ
悲しいことばかりではないんだと

多くの芯が……空に拝んでいる
一つの筋目だよ！　土手で秋の彼岸花が咲いている。だんだんと気候が変わり、四季の訪れがわからない。秋の彼岸……それはあまり変わらない。時季がくれば一つも変わらなく集団で赤く咲いている。忘れられるのだろうか、無言で挑戦しているようだ。昔のままの姿で、生きている証しとして大地から顔を出してくる……あ、あ、彼岸が来たんだと

（作品１６７１号）

彼岸がきたというのに
まだまだ暑い……猛暑の連続
夏が過ぎ去ろうとしない
大地も温もったままなんだ
この土手に咲く……曼珠沙華

どうしてなんだろうか
……顔を出さない……
探して、やっと見つけたよ
ところどころにある芽だよ
我を忘れているのだろうか
知らず知らずに、知らせる花なのに
存在を忘れないんだよ！　生き物は時期が来たら自分の生き方を示す。だけど……環境で変化させられることだってあるのさ。この異常気象過酷すぎる。大地の暑さには勝てない。一つでも花を咲かせたい……それが信念なんだ。この時期に芽を出さなければ無駄になってしまうんだ

（作品1672号）

寂しげに風に乗ってくる

……ツクツクボウシの鳴き声
どこまでも澄み渡らない……
遠くなったり、近くなったり
あつい晩夏はいつ終わってくれる
待てど暮らせど……長いのだよ
うるわしい、美しい音色を響かせたい
自己陶酔時間が少ないよ……
すずしい風、舞い降りてほしい
自信を無くした鳴き声になり
どうしたらいいかわからなくなった
終演する時だよ！　最後の鳴き声は誰が聞いてくれるのだろうか。生まれた時は世間の環境がわからなかった。短い一生……猛暑の中。どう生きる、わからないままなんだ。自分の生き方……この自然の中に任せるしかない、自分の身を捨てることもあるのだろう

(作品1673号)

匂いがする……白い花
庭の隅っこに、チョコンとして
人知れず咲くのだよ
目立つこともなく生きている
このスイセンの花
大地が温もってくればいいんだ
寒波のぶり返しでも耐えている
なぜ……だったんだろう
花を咲かせることが使命だ
おおいに……悩んだよ
まだ……早春でもないのに
喜ぶ、幸せなことなんだよ！　隣の花が咲いていない、いつ咲くのだろう……。花を咲かせて喜ぶ、同じ土壌で生きているからなんだ。咲かなければ、気長に闘うしかないのだ。自分で自分を成長させるしかない。
今がダメなら、来年があるさ……ありのままを生きるしかないんだ

（作品１６７４号）

陽気な春……もう、まぢかだ
寒いけど北へ旅立とう
長い道のりだ……あせらずに、ゆっくりと
腹いっぱいに補給だ……
美味しいものを食べておきなさい
飛び立てば食べる時がわからない
近づいてきた……口ばしがある
仲良く分けて食べよう
果てしない遠い飛行距離となる

想像もできない……北の大地に
自然が待っている、青い空だ
生きた心地……それはわからない
青い空の果てだよ！　鳴き声が凄まじい、意識を高めているのだ。一度
飛び立てば安心して休める所などどこにもない。皆の心が落ち着くまで
時間がかかるのだ。穏やかな青い空もどのように変わるかわからない。
現実をしっかりと……この判断が大切、お日様は何も語らない

（作品1675号）

山から下りてきた……
暖かい風を連れている
早い……早い立春の陽射し
空を見上げれば、澄み渡る青空

季節さん……まだまだ2月だよ
当然のように動き出す生き物たち
……寒くても雪が降らないよ
これも温暖化のせいかしら……
仲間の声が少しずつこだまして
わずかな時間がだんだんと延びてくる
どうすれば響くのだよ！　いいのかしらこんなに早く咲いて……一回きりの命だからいいんだよ。二度と咲かないだろう……自分を必要とするものがいればいいんだ。生きているのだよ四季は……植物だって昆虫だって自由に気候に合わせているだろう。生きる道のり、どう対処する
……己で決めるしかないだろう

（作品1676号）

もう……美しい紅葉も最後だなぁ
見る見る間にやってきた
冬の使者……木枯らしだ
一吹きごとにざわめく
予期していたことなんだけど
早くやってきたよ……
木々が大きく動揺し
空しくなってどうすればいい
語る余裕……もう無くなっている
自分の落ち行くところは……どこ
ちりぢりバラバラな心になるんだ
山影が寒々しいのだよ！　紅葉が終わりになっていく山よ……。残り少ない紅葉も、枯れ葉の木々になり生きるのもあとわずか。山風が冷たさ

を運んでくる、どのように落ちていくのだろう……。夕日に向かって静かに語る……生きる、最後まで生きるだろうと

（作品1677号）

強いんだよ……春の花って
土手の土も温もってきたよ
枯れ草の隙間から新しい顔
たんぽぽ、スミレ、なの花……
バッタもチョウも見つけたよ
ようやっとで冬眠から抜け出した
一匹のヘビなんだ
どちらも驚き……あわてていて
まだ早いのじゃないのと

まだ、まだ寝ていなさいと……
この陽気につられて、もう目覚め
懐かしさがあるんだよ！　春の野原で……もう現れた。冬眠中のヘビ、
早いのだよ。どこから現れたの……想像もつかない。三寒四温で空気が
空を飛び、陽気な春を演出。穏やかな原野で自然との戯れを知らない
……子どもらの哀れさを見る。ヘビが出てきたよ……怖くて泣きだした
よ

（作品1678号）

太陽がない……見えない
最悪の日々が続くのだ
今日も止まらない……怒鳴る北風
怖さ知らず……それも狂ったように

連れてくるんだよ……鋭い牙を
怖いほどの波になり、轟くうねり
岩に砕けて、叫ぶ波に
ちりぢりバラバラになった、白い穂先
あ、あ……空に舞い悲惨だ
自然のエネルギーとどまらない
遠きを見なくなってしまうのだよ！　不思議なことなんだよ……。近い
自然現象だけをすぐに見てしまい……ありのままを重要視するんだ。遠
い風景からもたらされる……それは何だろう。心の眼だよ……心の眼だ
よ。何の飾り気もなく、見る人はそう思わないのだよなぁ。ああ……ど
うすればいいのだろうか

（作品1679号）

秋の雨って嫌なんだ
憂鬱な雨が広がり沈黙を生むんだ
時雨も、もうそんなに遠くない
時を置かずに降り出してくるよ
今降る雨……冷たさもない
温かさを感じるでもない
気分が沈んでしまってる
生きるというには……
雨さん……どの四季が嬉しい
春が一番のどかでいいのだよ……
光の輝きが違っているんだ
心に降る雨だよ！　寂しい秋、それは待ち遠しい春なんだ。春しかない
んだよ……僕らには。秋って……僕らには生きていく望みも消えるんだ。

春が来るたびに思ってしまう……小鳥のように楽しく歌って踊りたい。
天は僕に何を与えてくれるのかと思う……心の春だよ

（作品１６８０号）

もう……師走になったんだと
木枯らしが騒ぎ立てる
……一瞬で楽しさを奪い取り
哀れにも一度に舞い散る
ちりぢりバラバラな紅葉の命
……宙に舞い別世界へ
ゆく先は、どの落ち葉もわからない
夢のよう、夢遊病者で飛ばされる
フカフカした落ち葉の上に

川に落ちれば……流され、果てなく
響いてくる、別れ別れに
枯れ葉の別れだよ！　生きるということは……別れがあるんだ。どう、
訣別するかだろう。ふがいない別れも、順調な別れもどれがいいかわか
らない。呼吸するものすべてが消えていく。わずかな時を、紅葉だって
悲しいだろう……言葉がないつらさがあるんだ

（作品１６８１号）

家を再建する……悩んだよ
生きるケジメ……難しいんだなぁ
二人とも高齢者なんだ
考えさせられたんだ……
あと、いくばく生きられる

この地に棲もう、棲もうと決めた
老人の新しい大きな夢だ
夢があるから前に進める……
そう、棲むための第一歩
安易な心で決められないぞ……
未来への基礎だ、夫婦の基礎だ
再出発になってきたよ！　家が静かに崩れ去り、何も言わぬ家。……ありのままの現実なのだ。生きるために自由に好きなように活用すべきだと。自分で確かめなさい……自分の人生設計なんだ。ダメだと言えないのだ……生きる命、空であってはならないだろう

（作品1682号）

白い花が揺れている

……五分咲きの私たち
早咲きの仲間は、力尽きてしまった
芯の強い仲間だったのに
強い風と冷たい雨に遭遇し……
一夜で哀れにも倒れてしまってる
私たちはどうなるのだろう
待ちこがれていた、温かな春
今朝も太陽を拝みたいけど……
日ごとに変わる……空模様
純真にも涙を浮かべるんだ
冷たい春の雨だよ！　その日その日で春が変動するのです。一喜一憂しても仕方がない。春の温かさは感動する心を生む、そして新しい気を起こさせていく。躍動する心に気付かない……どうすればいいのだろう。
捨てなければ……冷たい春の雨を捨てよう

（作品1683号）

……そこまで活動の場がきたんだ
大地の温もりが早い……
眠りが浅く……夢の中だ
当てもなく、突然に放り出されて
アリがぞろぞろと歩きだす
土の中から生まれて……
土の中へ消えていく……
静々と、静々と行動し
どう動いたらいいのかわからない
アリの大行列……まだまだなんだ
いま、食料になるエサがない
春が来たのだよ！　春夏秋冬の巡るのが早い……。これでは年がら年中
働きアリになっている。哀れなるかなぁと思うだろう……だけど楽しい

んだ。自分自身で演出し汗を出す……そこに気付く意味があるんだ。春……これから四苦八苦していく現実が広がってくるんだ

（作品1684号）

わずかな時間だけ……輝いてる
太陽よりも先に出て
星々が消えてしまっても
私は輝いています
時どき月とにらめっこをするんだ
お月さん、無表情で通り過ぎ
あっという間に別れなんだ
泣くにも泣けない……どうしようもない
太陽を憎らしく思うよ

陽が昇れば……だんだんと消えさり
どうにもならない……宇宙がある
輝きを知らないのだよ！　朝には明けの明星で、夕べには宵の明星で現れる。肉眼で確かめられる輝きを発しているよ。自分で情報を発する星々だって一寸先は闇だよ……太陽が輝けば活躍の場を失うんだ。よく見てほしいなぁ……生きてる宇宙からの発信大いにあるぞ

（作品1685号）

隅っこにフワフワの白い雲
なぜ……山の上だけで遊ぶの
こっちにおいでよ……真ん中によ
邪魔者はどこにもいないよ
ぽっかりとあいたままだよ

こちらだって……空の真ん中だよ
風の流れで優雅にさせられるんだ
この下に……山があるだけだろう
早く行きたい、不思議な雲さん
どうぞ、どうぞ思いどおりに走ってよ
広々とした通り道……あるんだよ
風が吹くんだよ！　威張っても仕方がない……ただ、隅っこで充分なんだ。自由気ままに楽しんでいるからなぁ……他に迷惑かけられない。生きていれば、いかなる変化が起こるかわからない。自己を発揮できるように真ん中を空けておくのさ。自由に強気も弱気もないのさ……ありのままの姿なんだ

（作品１６８６号）

赤い色で作った……じゅうたん
自然が織りなすワザだ
土に還るまでのひと時に……
今、楽しませてもらっている
名残惜しんでいる、小さな鳥たち
花をついばみ……何度も何度も突き
……残りものに福を求めて
わずかな蜜に嬉しそう
散るものが……生きるものへの
命を伝える儀式なのだ
生きる美味しさなんだよ！　なくなれば見つけるのが大変……甘い蜜が
吸えない。惜しんでも惜しみ切れない……今しかないのだ。ごまかすこ
とができない……赤い花。この甘さがなくなれば、もう、終わりなんだ。

散りゆくものが伝える命……この甘い蜜の美味しさだよ

(作品1687号)

枯れている、夏の草の根元に
咲いた……紫色のスミレ
清らかに小さく笑ってる
何も言わず、ただ黙って
私は……こういう花なんだと
大いに風に揺られて表現し
一つ芽生えれば……次が芽生え
少しずつ増えています
どんなに占領されてもいい
……根がある限り生きていける

だから未来を背負ってるようだ
チョウが舞う姿を見たいのだよ！　早く愛してほしい……野に咲くスミレ。自然も知らない間に喜怒哀楽が激しくなった。これは自分のもの、自分だけのものではないのだ。チョウが今どこで舞っているだろうか……わからない、情報がない、待つしかない。来てくれるのを待つ……
天命としての喜びも、悲しみもあるのかもしれない

（作品1688号）

遠い、遠い遥かな彼方から
どうしてここまでとどくのだろう……
一面の夜空を覆いつくし
頭上に輝くキラキラとした星たち
四季折々に物語を作りだす

永遠に心にかたりかけ
悲しいこと……あっただろう
嬉しいこと……知りながら
動こうとしない……待つことになれ
この宇宙の奥深さがあり
この光……振り向くこともせず
欲もなく輝き続けてるのだよ！　見ている宇宙に凸凹などなく、ただ一面に見える。輝ける自己の光で星の遠さがわかる。四六時中星の輝きはあるのです……太陽の輝きで見えない。現れるのは、夕べで欲もなく自己の位置で輝いている。今、生まれた光……いつ来るの

（作品１６８９号）

不思議がっているんだよ

見たものに錯覚があるのだと
気付かない……幼子
自分が見たもの、何だった
一度見たものを考えています
揺れて、動いた……葉っぱだと
なにが本物、どれが偽物
わからないままでいる
つぎに動くもの……何だろう
スズメたち葉っぱの間で楽しそう
前に進めないでいるよ！　鵜呑みのままなんだ。子どもだけではない、
大人だってそうなんだ。変えればスムーズに前に進めるのに立ち止まっ
たままだ。変える勇気、簡単だろう……。自分が存すればいいんだ。後
ずされればよく見えてくるのになぁ……。後退する一歩見つけよう……

（作品1690）

朝見た雲とっくに雨になって
どんどんと落下してくる
ひっきりなしに止まらない
この雨どんな雨……悪魔の雨だ
頭を突き刺し、肌が痛い
見上げられない……雨の槍だ
大地が叩かれ、ほとばしる
この痛み忘れられないぞ……
生きるものの哀れさ……あ、あ、どうしよう
雨のエネルギー恐ろしいぞ、破壊の連続だ
自然の掟……眠れる獅子だ
濁流化したんだよ！　雨の潜在能力を侮っていた……こんな豪雨になる
なんて。生きるもののすべての命を奪い去る。雨の意識を忘れた、一度

も同じ雨ってないのだよ。止めようとしても、止められない……それが自然だ。むさぼる生き物に、求めざる雨……逃げても追いかけてくるだろうなぁ。湧き上がる、湧き上がる……雨雲だ

（作品1691号）

春の雨って有難い
静かに、静かに降ってくれる
冷たい大地をやわらげ
音もなく浸み込んでいくよ
この……湿り気が必要なんだ
わずかばかりの……小さな根
充分に濡れて、白く伸びていく
満足だ……大地が母になり

新しい芽に生きる希望だ
咲いてくれるだろう……愛しい輝きを
隠れたところが必要なんだよ！　春の雨って……生き方に大切な雨になるんだ。大地と共に生きなければならない……大地にどう踏ん張る力ができるかなんだ。存在するには、今が大切なんだ。古いものを早く捨て去らなければ変わらない。新しい根が成長すれば、新しく生きた花が現れるんだ

（作品1692号）

夜空に燃え上がる……一つの炎
パチパチと大きな音で弾けだし
赤々と夜空を染めている
それも、あっという間に……

気づかないうちに火柱だ
勢いよく……大きな火だるまを作り
すべてを燃やしつくしてしまう
衰えない、火の勢い……強い強い
白煙に変わった、燃え尽きたのだ
それも天の助けだ……自然の力だ
風もなく、無風状態なんだ
安心してたんだよ！　小さな火災が起きて、哀れなる焼け跡を生んだ。
人々の不注意からのものが多い。高齢者が多く夜ともなれば行動ができ
ない……。自分の身をどう護るかだ。瞬時の判断、高齢者により大いに
違う。どうすればいいのだろう……安心、安全、大いなる使命だ

（作品1693号）

ここにやってくるんだよ……人々は
おおぜいで、群れをなし
手を合わせ、拝んでるだろう
何を頼んでいるのだろう……
多いよ、願い事が
ただ黙々と……心の中の言葉で
悩みも喜んだ様子もなく……
ただ黙々と、知られざるところで
頼んだだけではいかないぞ
もっと……自分でやりなさいと
自立した人になりなさいと
他力本願ではダメなんだよ！　生きることは自分との闘いなんだ。一人
で生きる人を目指してほしいなぁ……。生まれてきたときは、一人だっ

たろう。死ぬときだって一人だよ。人生も本当に短いぞ……一人で生きる、それが大切なんだ。神はじっと見ていてくれるさ……

（作品１６９４号）

沈んでいく、時が長くなったというのに
気づかせないのだよ……夕日が
自然の不思議な感覚を感じる
慌ただしさ、どこに行ったんだろう
聞こえないなぁ、見えないなぁ……
壁が落ち、屋根が傾いてしまった
寂しげに……何も言わない
貼り紙だけが残っている
面影を見つけても、見つからない

四季が巡るたびに……だんだん遠くなる
シワしわの顔が歪んでしまう
生きる声、どこかにあるのだよ！　老人の故郷は疲れ果てている……。
共に生きてきた、幼馴染の声も聞こえない。一つの災害で生活がバラバラになった。真摯に向き合う……良し悪しを忘れて、勇気をもった行動が大事なんだ。ゼロからの出発を忘れない……「生きる」声かもしれないよ

（作品1695号）

時が経てば……一面の青い海
潮が満ちてくる遠浅に
飛びはねて、楽しそうな子どもたち
走り出し、入り乱れる潮

小さな心が海よりも広くなり
過ぎ行く時がもったいなさそう
……大きな足跡は夫婦のもの
小さく残っているのは……子どもたち
波打ち際がざわめきだした
寄せてくれば……みな消えてしまう
波が消してしまったんだよ！　生まれては死に、死んでは生まれる……
何も残らず、新しいイメージを作りだす。どんな大波がこようとも波に揺られ、大波が去ればまた現れる。自然、悠然として長く生きているんだ

（作品１６９６号）

この島はないものづくしなんだ

風に乗り、波に乗り
爽快に走ってきたのだろう……
戦をするためにやってきた異邦人
船を操り、火薬を使い傍若無人に
初めてみただろう……こんな武器
凄まじい威力、目から鱗だ
身の毛がよだち、手がしびれ、足が震え……
何もできず慌てただろう
絶する現実……波が立ち消えている
ただ……記念碑だけがある
石垣だけがあるのだよ！　新しい技術に自分たちの技術でどう対応する。
他人との接触で初めて目を開かされるんだ。しがらみや縛りから解放さ
れ、より開かれた自分を作るんだ。そこには心が大きく作用するだろう
……感動がなければ開かれないよ

（作品1697号）

汗をかき、ギラギラした太陽
身体が欲しがってしまう
飲みたくて……飲みたくて
一口飲めば……ノドをうるおし
二口飲めば……ノドを癒やし
あ、あ、美味しいんだ
最高の気分になってしまう
止めようとしても止められない
冷たい、冷たい水分補給
無残にも、空を切る……ペットボトル
哀れにも草の茂みにポイ捨て
マナーが必要なんだよ！　ポイ捨てを止めよう……。マナーはどこへ
いったのだろうか……知らぬが仏だと。生きているのだよ……生きもの

どうしの自然界なんだよ。生きていれば守る、大切なことなんだ。信念を持った行動の現れと思うよ……

（作品1698号）

寒さが身にこたえてくる
とうとう……老体になったんだ
縮み込んだままの身体が
節々まで痛みだしてくる
昨日……よく働いたからなぁ
若い人に交じってだよ
今日も若者と語ろうかなぁ
膝をさすり、腰を伸ばし
無理しないで、働いてこよう……

動くことが体にいいんだ
明日のことはわからない……
空気の冷たさよ！　体がいうことを聞いてくれない……。高齢者の明るさが……寒さと共に遠ざかる。元気も、弱々しい朝になる。四季に沿った体調で生きているんだ。生き生きとした、強い心でいようよ……体が痛くなければ身を忘れてしまう

（作品1699号）

あの山に登って見よう……
懐かしい山なんだ
今……じっと見ています
故郷の山って……無言で待っている
脳裏にすぐ浮かぶ山なんだ

子どもの頃に5～6人で登ったよ
握り飯を持ち、水筒だよ
赤く熟した柿が美味しかった
山道が急で……細かったなぁ
よく絵に描いたなぁ……あの山を
心にはいつも「でっかい山」だよ
石段の音だけが、また残るなぁ……
低い山なんだよ！　頂きから見た風景を思い出せない。遠いことになってしまったんだ。自然からの問いかけ、自然に向ける心だよ。ありのままを見せる故郷の山……過ぎ去りし時を一つずつ捨てていけば自由が生まれるだろう。おのが道をつらぬこうとしているのだよ……高いも低いもないんだと

（作品1700号）

白い雲が浮かんだままなんだ
のんびりと心ゆくまで見ています
一つの心を癒やしてくれ……
美しい雲で癒やしてくれ……
夢が膨らむことがあるんだよ
白い雲さん……それ、できる
風の流れで、どんどんと流され
どこかに行ってしまったのかなぁ
もう、わからなくなっている
話すことが出来ない……どうなるの
浮かんでいる雲、くも、雲……呼びかけて

不思議な存在なんだよ！　雲も自由に生きてる証しなの。春夏秋冬一つも同じ状態ではないのです。見る人の心によってさまざまな心模様を描き出す。雲で終わることがないのです……一歩も二歩も出ているのだよ。雨や雪になり、生きるために必要な水をもたらしてくれる。天からの恵みをくれるんだ……

あとがき

流れが穏やかで浅瀬なんだ……
小さなメダカを追いかけ回っている
なかなか、捕まえられない
すばしこく逃げ回って、嬉しそう
小さなメダカも生まれたて戸惑っています
考えて、考えて追っかけてよ
泳いで、生きることが大切なんだ
捕まれば……夢も希望も無くなるだろう
小さなメダカにも……命があるのさ
この狭い小川で生きなければならない
スィー、スィーと泳ぐ……これ訓練なの
のんびり、楽しく泳ぐ、一度もないよ

台風でも来れば、大水になり、大きな洪水になる……
私たち……一度も経験ないんだ
どう耐えたらいいのだろう……大きな試練だ
油断をすれば、命を落としてしまう
生きる……四六時中休まる時がないの
与えられた時間で、一生懸命に自力を尽くす
小さなメダカも、望みをもって生きているんだ……
私たちの仲間……どんどん数が少なくなっている

本書の出版にあたり惜しみない援助を与えてくれた東京図書出版の諏訪編集室の皆さんに心から感謝いたします。

金田　一美 (かねだ　かずみ)

1947 (昭和22) 年　熊本県生まれ
1965年　熊本工業高校卒業
1968年　郵便局入社
2005年　郵便局退社
安岡正篤先生の本を愛読し、傾注する

著書
『若者への素描』(全４集/東京図書出版)
『四季からの素描』(全５集/東京図書出版)
『いにしえからの素描 第１集』(東京図書出版)
『いにしえからの素描 第２集』(東京図書出版)
『いにしえからの素描 第３集』(東京図書出版)
『いにしえからの素描 第４集 震度７』(東京図書出版)
『いにしえからの素描 第５集』(東京図書出版)
『いにしえからの素描 第６集』(東京図書出版)

TTS新書

いにしえからの素描

第7集

2020年11月28日　初版第1刷発行

著　　者　金田一美

発 行 者　中田典昭

発 行 所　東京図書出版

発行発売　株式会社 リフレ出版

〒113-0021　東京都文京区本駒込 3-10-4

電話（03）3823-9171　FAX 0120-41-8080

印　　刷　株式会社 ブレイン

ISBN978-4-86641-368-6 C0292

Printed in Japan 2020